Mathilde Arnemann

Josef von Gottesgabe

Eine Erzählung für die Jugend

Mathilde Arnemann

Josef von Gottesgabe
Eine Erzählung für die Jugend

ISBN/EAN: 9783743628847

Hergestellt in Europa, USA, Kanada, Australien, Japan

Cover: Foto ©Andreas Hilbeck / pixelio.de

Weitere Bücher finden Sie auf **www.hansebooks.com**

Josef von Gottesgabe.

Eine Erzählung

für die Jugend.

Gewidmet

ihrer jungen Freundin

Marie von Schnurbein

von

Mathilde Arnemann.

Mit einer Lithographie:
Josef's Bildniß.

Augsburg,
Math. Rieger'sche Buchhandlung.
1867.

Die höchste Spitze des böhmischen Erzgebirges, welche man von Carlsbad aus sieht, heißt Gottesgabe, und die Bewohner der dortigen Höhe, die oft im Juni noch im Schnee sitzen, mögen voll Dank für das was ihnen dessen ohngeachtet dort noch wächst, den Ertrag Gottesgabe geheißen haben, wodurch dann die ganze Höhe ihren Namen erhalten. So wollen wir es uns denken, denn dadurch werden uns die Menschen da auf der Höhe schon lieb; leuchtet doch durch ihre Armuth Gott-Ergebenheit, und wer die im Herzen hat, der ist reich, selbst bei dem Mangel irdischer Güter. —

Auf jene Höhe also führe ich Euch, meine lieben kleinen Leser, in eine Hütte, deren innere Armuth fast noch größer war, als das äußere Aussehen es erwarten ließ. — Auf dem Strohlager, mit einer wollenen Decke bedeckt, lag eine Wittwe im kräftigsten Frauenalter abgezehrt darnieder; ein Knabe von 12 Jahren stand angstvoll bald am Bette, bald am Fenster; der Hunger schaute aus seinen blassen, aber herrlichen Kinderzügen. —

„Mutter," bat er plötzlich, „laß mich hinab nach Carlsbad, ich bringe Dir Brod und Kreuzer heim für den Winter." Die Mutter lächelte; stumm nur blickte sie den Knaben an, aber der Blick reifte den Entschluß des klei-

1

nen Josef, daß es an ihm sei, der Mutter Hülfe zu
schaffen. — War sie es doch, die, seit der Vater in der
Grube von Joachimsthal sein Ende gefunden, nur für
ihn gearbeitet hatte. Josef war ihr Halt am Leben ge=
wesen; für ihn hatte sie das kleine Feld am Hause mit
Kartoffeln bebauet, für ihn hatte sie bis in die Nacht
hinein Spitzen für die Fabrik geklöppelt. Aber den gan=
zen Sommer hindurch hatten ihre Kräfte abgenommen;
der October ging zu Ende, und sie hatte nichts, ihr
Kind und sich zu nähren. —

. Am Allerseelentag, den 2. November, da ziehen nun
die Armen vom Gebirg hinab nach Carlsbad, wo sie
drei Tage milde Gaben erbitten dürfen; dahin wanderten
die Kinder aus Josef's Nachbarschaft, und dahin wollte
auch er, wie wir hörten. Die Mutter aber hatte nicht
mehr die Kraft auszusprechen, was sie dachte, als sie ihn
anblickte: „Befiehl dem Herrn Deine Wege, und hoff' auf
ihn, mein armer Josef!" — Er ging nicht wie die an=
dern Kinder mit frohem Muthe; sein Herz hing an der
Mutter, die er zum ersten Male nach des Vaters Tode
verlassen wollte; ihn trieb mehr eine innere Angst, als
daß er sich Rechenschaft abgelegt hätte, was er denn
eigentlich durch die Wanderung erreichen würde. — Reisig
brachte er nun noch in die Stube und Wasser; ging zu
den Nachbarsleuten, sie zu bitten, nach der Mutter zu
sehen, und da diese es guthießen was er thun wollte,
so kehrte er froh heim zur Mutter, um ihr Lebewohl
zu sagen. —

Sein Reisezeug war rasch geordnet, denn außer des
Vaters Bergmannskittel und seinen Stiefeln, die dem

Knaben noch viel zu groß, hatte der Josef nichts als das womit er bekleidet war; Jacke so wie Hose zählten man=chen Flicken, den die gute Mutter ihm immer wieder hineingesetzt hatte; sie konnte kein Loch sehen in seiner Kleidung! Armuth sie schändet uns nicht, aber erhalten und zusammenflicken was gute Menschen uns geben, da=durch zeigen wir ihnen unsere Dankbarkeit und uns selbst den Nutzen der Erhaltung. Das hatte sie oft dem Kna=ben, während sie ihm sein Zeug ausbesserte, erzählt, und weil er sie liebte und ihr nicht Mühe machen wollte, würde er achtsam auf sein ärmliches Zeug, in welchem er daher schritt, als sei alles aus einem Stücke gemacht. —

Der Josef war nun fertig zum Marsch, er rollte sich ein leinenes Säckchen zusammen, um das Brod hin=einzuthun, was er am Wege empfangen würde; das ging aber langsam, denn es hieß von der Mutter gehen, die so elend da lag. „Mutter, nun geh' ich," sagte er end=lich; und die Thränen brachen dabei heraus. „Mit Gott, Josef," war Alles, was sie hervorbrachte, indem sie ihm das Köpfchen mit ihren dürren Händen liebkosete; die Decke stopfte er ihr noch hinein, nach dem Ofen sah er noch einmal, dann ging's langsam zur Thüre. Von außen noch durch die Ritze einen Blick, sie lag still, die gute Mutter und nun war er vor der Thür der Hütte; durch's Fenster sah er sie zum letzten Male, und sie nickte ihm noch freundlich zu. Im Vorübergehen ward ihm noch von den Nachbarsleuten manches Stück Brod, und das Versprechen, der Mutter ein Süppchen zu kochen; war doch ihre Krankheit und ihr Elend der Gegenstand allge=meiner Theilnahme. — „Glück auf den Weg, Josef,"

rief es noch aus manchem Fensterchen, bei dem er vorüber-
wanderte und so sah er sich bald zwischen der Kinder-
Schaar, die alle demselben Ziele zuwanderten. Josef
fühlte sich allein zwischen ihnen, denn er konnte nicht
mitsingen und springen, noch lose Reden führen, wie
einige Knaben es thaten.

Joachimsthal, was er den Abend zu erreichen hoffte,
erschien ihm nicht fern, da er von früher Kindheit an
den Vater hatte dahin wandern sehen; er hatte ihn auch
oft begleitet zu seinem dort wohnenden Pathen, und so
war er voll Hoffnung auf guten Erfolg seines Unter-
nehmens. Die Sonne schien hell dazu über den frisch-
gefallenen Schnee, der knarrend die munteren Tritte der
Kinder bezeichnete; als die Abendsonne die mit Schnee
bedeckten Bäume zu bestrahlen begann, lag Joachimsthal
am Fuße des Abhangs und freudiges Jauchzen beflügelte
die Schritte der kleinen Wanderer, die das 5 Uhr Ge-
läute mit der Gemeinde in der Kirche am Markte ver-
eint fand. —

Die ganze Bevölkerung, ja, die ganze Gegend nimmt
Antheil an diesen armen Kindern, die nach dem Abendgebet
von allen Seiten mit Brod, alten Kleidern und Kreuzern
beschenkt wurden; der Wirth aber zur „Stadt Dresden“
hatte in seinem Hause einen großen Tisch mit Bänken
umstellen lassen, mitten darauf standen dampfende Schüsseln
für alle, die da sitzen konnten, und — Gott lohn' es
ihm — die Kinder von Gottesgabe gingen den Abend
nicht hungrig zu Bett. — Josef, dem Bescheidenheit an-
geboren, hatte am Ende des Tisches noch sein Eckchen
gefunden, das ihm auch das Anrecht auf die ihm zunächst

stehende Schüffel gab. Der Wirth mit feiner Frau ging
umher und fah nach, daß ihre kleinen Gäfte ihr Recht
hatten. — Ein Reifender, der vor einer Stunde von
Carlsbad gekommen war, um in der „Stadt Dresden"
zu übernachten, ward durch die heiteren Kinderstimmen
auch aus feinem Zimmer gelockt, und befah fich die
fchmaufende Gefellfchaft. — „Bift Du fchon fertig,"
fagte er zu Jofef, „Du fitzeft hier ja fo an der Ecke und
haft wohl nicht ganz fo viel erhalten als die Andern?"

„Oh gewiß, gnädiger Herr, ich hab' genug gehabt!"

„Du fiehft ja aber nicht fo heiter aus wie Deine
Cameraden, Du bift wohl fchon recht müde?" „Das
bin ich, aber ich denk' mein Pathe nimmt mich fchon
auf, wenn ich nur wüßt', wie es der Mutter geht und
ob die Nachbarsleute die Suppe für fie nicht vergeffen,
denn fie ift krank, gnädiger Herr, und hat Niemand als
mich, und ob ich gleich hoffe, ihr Brod und Geld heim=
zubringen, fo zieht's mich heute Abend mehr heimzukehren,
als meine Wanderung nach Carlsbad fortzufetzen; ich weiß,
fie forget nun auch um mich." —

Der Fremde hörte dem Knaben mit Rührung zu,
zog fein Tafchenbuch heraus, und fragte: „wie heißeft
Du und Deine Mutter? Morgen früh fahre ich über
Gottesgabe nach Annaberg, da kann ich Deiner Mutter
fagen, daß ich Dich gefehen, wenn fie nicht gar zu ent=
fernt vom Wege wohnt."

„Lieber Herr, wollen Sie das thun? Unfer Hütt=
chen fteht am Wege; es ift nur durch den Graben vom
Fahrwege getrennt. Sie werden es leicht erkennen, denn
es ftehen drei Staarhäuschen und ein klapperndes Mühlchen

auf Stangen umher; ach, wenn Sie" — — — Josef
stockte, und brachte die Bitte, seine bis dahin empfangenen
Gaben der Mutter mitzunehmen, nicht heraus; der Reisende aber durchschaute den Knaben und sagte: „Glaubst
Du, daß der Mutter die Suppe schmecken wird? So soll
die Wirthin mir morgen einen Topf voll mitgeben, den
bringe ich der Mutter von Dir, ich fahre allein in einem
Einspänner, da hat der Topf noch guten Platz. —

Josef wußte nicht, wie ihm geschah; er küßte die
Hand seines Wohlthäters, dessen letzte Worte ihn er-
muthigten, seine Wanderung nun guten Muthes fort-
zusetzen. —

„Die Mutter wird morgen um Mittag heiter an
Dich denken, vielleicht treffen wir uns wieder, wenn
Du von Carlsbad, ich von Annaberg heimkehre. —
Schlaf' wohl, Josef;" — und das wünschten ihm der
Wirth und die Wirthin auch, als er dankend sich ihnen
genaht hatte. — Er trennte sich nun von seiner Gesell-
schaft, um seinen Pathen aufzusuchen.

Eine sternenhelle Winternacht umfing ihn; die Marien-
säule am Markte war erleuchtet. Er beugte sein Knie
dankend für alle Wohlthaten des Tages, er flehte zur
Mutter des Heilands, daß sie sich seines Gebetes bei
Gott annehmen möge. „Ach, Du Gnadenmutter, kennst
ja die Angst eines Kindes, beschütz' mir mein Mütterchen
daheim," so betete Josef, und ging nun den letzten Häu-
sern zu, die gen Carlsbad liegen. In einem derselben
wohnte sein Pathe, der Bergmann, der ein Freund seines Vaters gewesen war. Schon von außen sah er
Vater, Mutter und die zwei Söhne am Tische bei ihrem

Lämpchen sitzen, und wie er nun eintrat, hießen ihn alle
freundlich willkommen. Der alte Bergmann meinte: „Du
wirst dem Vater Josef ja immer mehr gleich." Die Söhne
zogen ihm den Bergmannskittel ab, und die durchkälteten
Stiefel wurden an den Ofen gestellt, auf den ihm die
Mutter noch eine Einbrennsuppe zurückstellte, da Josef
versicherte, nichts mehr essen zu können. — Er mußte
nun erzählen, wie es daheim ging. Daß die Begegnung
mit dem Reisenden und die Freude, daß die Mutter
morgen eine gute Suppe durch ihn erhalten würde, auch
erzählt ward, findet Ihr gewiß natürlich.

„Ja, Kinder," sagte der alte Bergmann, den die
menschenfreundliche Hülfe des Reisenden ergriff, „seid
gut und brav, da finden sich überall doch noch Menschen,
die Herzen haben und Euch zu Hülfe kommen in Eurer
Armuth und Noth."

Ein Stündchen ward noch verschwatzt, dann fand
Josef bei einem der Söhne sein Lager, von dem er sich
bei Tagesdämmerung erhob; seine Suppe vom Abend,
der noch ein Stück Brod hinzugefügt worden war, that
ihm gut, und so trat er mit „Glück auf" seine heutige
Wanderung an; Vater und Söhne begleiteten ihn noch,
da ihr Weg in die Grube eine Viertelstunde weit auch
der seine war. ——

Die Landstraße war schon belebt von der kleinen
Wanderschaar; die Kälte hatte bedeutend zugenommen
und war um so empfindlicher, als der Wind von Osten
wehete und den losen Schnee, der auf Feld und Bergen
lag, unsern kleinen Wanderern in's Gesicht trieb.

Die Aussicht aber, Carlsbad den Abend zu erreichen,

erleichterte schon in der Frühe des Tages die Beschwerde
des Weges. Ein Dritttheil der Wanderung mochte zurück=
gelegt sein, als die Kinder einen Karren einholten, der
mit Braunkohlen beladen, von einer Familie gezogen, nach
Carlsbad gefahren werden sollte. — „Ha!" rief der
Vater der Familie den Wanderern zu, „habt Ihr nicht
Lust meine Frau und Kinder etwas abzulösen? Er
brauchte das nicht zwei Mal zu sagen. Die Taue,
welche zum Ziehen an den Karren gebunden, waren rasch
mit neuen Kräften besetzt und so ging's munter bis
Schlackenwerth, wo die Suppe, Brod und Kaffee, die
ihnen die Einwohnerschaft bot, große Anerkennung bei der
Jugend fand, da die Kälte empfindlicher war als den
Tag zuvor.

In Zedtlitz, wo man noch ein Mal Halt machte,
durfte nicht lange gerastet werden, wollte man Carlsbad
vor Nacht erreichen; der Wind und Schnee hatten ohne=
hin die Kräfte mehr mitgenommen und die Wanderung
gehemmt. Die Sonne war schon gesunken, die kleine
Gesellschaft wechselte häufiger als zuvor mit dem Ziehen
des Karrens; die Finger erstarrten an den straffen Sei=
len; die neben dem Karren Wandernden trippelten in
kleinen Schritten und führten die Hände zum Munde,
um sie zu erwärmen. Der Eigenthümer des Karrens
erzählte allerlei von seinen Erlebnissen, denn er erkannte
gut die Hülfe und Erleichterung, die ihm und seiner Fa=
milie durch die kleine Schaar geworden, und er war zu
brav, um nicht auch seinerseits den Vortheil, den er
genoß, nach Kräften zu vergelten.

„Seht Ihr dort den schwarzen Streifen," sagte er,

als man am Fuße eines kleinen Abhanges Halt machte. „Das ist die Brücke, die nach Carlsbad hineinführt, jetzt nur frisch! eine kleine Anhöhe ist nach der Brücke noch zu erklimmen und wir haben den Schlagbaum des Stadtbezirks erreicht. — Ich hoffe einen Theil von Euch schon in der Scheune beim Wirth zur „Stadt Lemberg" unterzubringen. Ihr Andern werdet da bleiben können, wo meine Familie bleibt. — Bis zum Hospital muß ich meinen Karren führen, doch muß ich mir erst die Erlaubniß vom Bürgermeister holen, ihn auf dem Platz, gegenüber der Schmiede, wo morgen die Kohlen verkauft werden, für die Nacht stehen lassen zu dürfen; wer von Euch bleibt nun als Wache bei dem Karren?" Die Frau wollte es zwar thun, aber Josef hatte Mitleiden mit einem kleinen Knaben, den sie schon einen Theil des Weges getragen hatte, und der ganz erfroren aus= sah. „Ich bleibe hier und erwarte Euch zurück," sagte er, und nahm seinen Posten bei dem Karren ein. Der Mann ging in die Stadt, die Kinder, die nicht in der „Stadt Lemberg" geblieben waren, gingen mit in die Stadt hinein, mit der Aussicht bei der Familie des Karrenführers zu bleiben.

Unser Josef blieb also allein bei dem Karren. Das Wetter schien plötzlich milder, da der Wind sich gelegt, und der Schnee in großen Flocken niederfiel. Josef wan= derte erst auf und ab; er hatte den besten Willen zu wachen, doch konnte er das ja auch sitzend thun; er kauerte sich neben den Karren und legte den Kopf auf sein Säckchen, das er auf die Deichsel gelegt hatte. Der Karrenführer kehrte zurück, sobald er vom Bürgermeister

die Erlaubniß erhalten, und für die Kinder noch einen
Aufenthalt in einer städtischen Scheune erbeten hatte;
allerdings war darüber mehr Zeit vergangen als der gute
Mann es dachte, da er Josef auf den Posten stellte,
und so war sein Schrecken nicht gering, als er den
Knaben mit einer leichten Schneedecke bedeckt fand; trotz
allem Rütteln war er nicht zu erwecken. —

„Hätte die Kälte Dich getödtet, braver Junge," rief
er beunruhigt, „da muß rasch Hülfe geschafft werden."
Er sprang hinüber und klopfte an die Thür des Schmiede-
hauses, dessen Bewohner ihm bekannt, da er manchen
Karren Kohlen in die Schmiede geliefert hatte. Die
gute Frau öffnete sogleich das Fenster um nachzusehen,
da es nicht das bekannte Klopfen ihres Mannes war.

„Was giebt's," fragte die Meisterin, und ließ sich
den Vorgang mit wenigen Worten erzählen. „Nur herein
mit ihm," rief sie dann hinab und öffnete gleichzeitig
die Thüre des Hauses.

„Kathi, hol Schnee herein, daß wir die erstarrten
Glieder reiben können."

Der Meister, der vom Bier heimkam, bemerkte aus
der Ferne die Bewegung des Lichtes in seinem Hause
und eilte deshalb rascher heim; er brauchte nur seine
Frau anzusehen um gleich Alles zu verstehen, und Hand
anzulegen, dem Knaben das Leben zu erhalten. Das ge-
lang den braven Leuten und als Josef zum Bewußtsein
kam, lag er in einem Bette, wie er es nie gekannt; die
trockene Wäsche, die warme Suppe brachten ihn voll-
kommen zur Besinnung, daß er noch dankend die Hände

ausstrecken konnte gegen die gute Schmiedemeisterin. —
„Schlaf' jetzt nur, mein Bub," sagte sie, „morgen wollen
wir weiter sorgen."

Als Josef in der Frühe erwachte, war es ihm, als
träume er. Das gute Bett in dem saubern Stübchen,
das die Schmiedeleute für einen Curgast hergerichtet
hatten, den sie im Sommer bei sich aufzunehmen pfleg=
ten, waren für ihn Gegenstände, die er ja nie gesehen;
er erhob sich, denn durch die mit Blumen überfrorenen
Fensterscheiben glitzerte schon die Sonne; er mußte ja mit
den Cameraden durch die Stadt bitten gehen — aber
der arme Junge fühlte sich so matt, daß er schon liegen
bleiben mußte. Die Meisterin ließ nicht lange auf sich
warten; sie öffnete leise die Thür, und als sie ihn er=
wacht sah, brachte sie ihm eine Suppe und fragte gar
liebevoll wie es ihm ginge; da mußte er aber weinen,
wie er geweint hatte, als man den Vater in die Gruft
legte. Die gute Meisterin suchte ihn zu trösten als er
klagte, daß er nun nichts für die Mutter heimbringen
würde, wenn er nicht heute mit den Kindern die Stadt
durchziehen könne. „Ich werde schon sorgen," erwiederte
sie, „daß die guten Bekannten für Dich etwas zurück=
stellen, bleibe nur ruhig heute." Er konnte aber auch
nicht anders, denn er war mehr entkräftet, als er und
die guten Schmiedeleute es beurtheilen konnten.

Den Morgen, beim Umgang der kleinen Gebirgs=
schaar, verbreitete sich natürlich das Gerücht vom erfro=
renen Josef. Niemand, dem Karlsbad bekannt ist, wird
es wundern, daß Doctor Hochberger, der eben zur Jagd
fahren wollte, und in seinem Vorhause Einige der kleinen

Schaar traf, seinen Kutscher beorderte, etwas über die
Schmiede hinaus zu halten, wo er dann in dieselbe ein=
kehrte, um den Knaben zu sehen.

„Warum haben Sie denn nicht gestern Abend ge=
schickt," drohete er der Meisterin, die ihn kennen gelernt
hatte im Leben, und eben deßhalb auch nicht seine Güte
für Dinge in Anspruch nehmen wollte, wo ihre Erfah=
rungen ausreichten.

Die drei Bitt=Tage waren vorüber, es waren noch
drei vergangen, und obgleich voll Ungeduld und Sorge
für die Mutter, konnte Josef noch nicht daran denken,
den ganzen Weg nach Hause zu Fuß zurückzulegen. Er
hatte der Mutter zwar mit den Nachbarskindern Nach=
richt von sich gesandt, und was er bis dahin gesammelt,
geschickt, aber wie sehr wurde die arme Kranke wohl
durch die Nachricht von Josef's Unfall beunruhigt! Und
die Güte der Nachbarsleute, wird sie fortdauern, da ich
so lange fortbleibe? All' diese Gedanken, die Josef
durch den kleinen Kopf gingen, sie waren nicht gemacht,
ihn zu beruhigen.

Die Meisterin hatte inzwischen sein Säckchen gefüllt
mit allerlei Eßwaaren und daneben lag ein Päckchen mit
alten Kleidungsstücken für die Mutter und ihn, auch
einige Gulden baares Geld waren ihm zugegangen. —
Er besah die Dinge den Tag wohl zehn Mal, versuchte,
ob er sein Päckchen und Säckchen tragen könnte, und
fragte voll Ungeduld: „Nicht wahr, Frau Meisterin, nun
wird die Mutter wieder gesund?"

„Mein Kind, bei Gott ist kein Ding unmöglich,“ erwiederte die Frau Meisterin, indem sie ihm von dem Laibel Brod sein Frühstück abschnitt, „aber so wie Du den Zustand der Mutter mir erzählt hast, so fürchte ich, wirst Du Dich bald von ihr trennen müssen, und deß= halb freuet es mich, daß der Doctor, der in einigen Tagen nach Joachimsthal fahren muß, Dich bis dahin in seinem Schlitten mitnehmen will.“ —

Die Bemerkung der Meisterin hatte eine sichtliche Bewegung in Josef hervorgerufen, die aber noch erhöht ward, als auf ein Klopfen an die Stubenthür, beim „Herein“ der Meisterin, der bekannte Reisende von Joa= chimsthal eintrat. — Der Fremde war der Meisterin von Angesicht nicht unbekannt, da er, als Reisender einer bei Carlsbad belegenen Fabrik, oft in die Stadt kam. Er entschuldigte sich, so früh schon einzusprechen. „Ich komme aber vom Gebirg herab, hab' am Wege Josef's Ungemach gehört und wußte ja nun, wo ich ihn finden konnte. Gott wird's Ihnen lohnen, was Sie, gute, brave Frau, dem armen Jungen thun. Da kommt Ihr Mann, mit dem ich schon unten redete, ich hab' Josef zu erzäh= len, wie es mir erging.“

„Haben Sie die Mutter gefunden? Hat sie die Suppe gegessen?“ so folgte eine Frage der andern. Der Reisende nahm dankend den angebotenen Stuhl an und begann schonend zu erzählen, was er schon dem Meister in wenigen Worten in der Schmiede mitgetheilt hatte.

„Ich fuhr,“ begann er, „den nächsten Tag, wie Du es weißt, von Joachimsthal über Gottesgabe nach Anna= berg; leicht erkannte ich die von Dir bezeichnete Hütte.

Schon in der Entfernung glaubte ich eine Nachbarin hinübergehen zu sehen; ich hatte mich auch nicht geirrt; denn als ich in die Hütte trat, deren Thür nur ange= lehnt war, sah ich die Nachbarin theilnehmend mit Dei= ner Mutter beschäftigt; und sie hat auch Wort gehalten, ihr weiter beizustehen, wie sie mir es beim Abschied versprach." —

Der Anblick der kräftigen Suppe und eine Flasche Wein, den die Hütte nie in ihren Räumen gesehen hatte, belebten die Hoffnung auf Genesung, welche die arme Kranke dem Wohlthäter aussprach, um Gelegenheit zu finden, ihm ihre Dankbarkeit zu beweisen. — Es war aber eben nur ein letztes Aufflackern der schwindenden Lebenskräfte; von Tag zu Tag nahmen sie ab und als unser Reisender von Annaberg zurückkehrte, fand er die Hütte geschlossen; die Nachbarin eilte herbei und erzählte ihm, daß die Kranke Tags zuvor voll Dank für alle Wohlthaten und mit Gebet für Josef sanft entschlafen sei. Der seltene Menschenfreund trug nun noch Sorge für die Leiche; in Joachimsthal ordnete er mit den Behörden und Josef's Pathen was Noth that, und kehrte nach Carlsbad zurück, wo wir ihn mit Schonung dem Josef die Trauerbotschaft bringen sehen.

Der arme Junge saß da in seinem Elend leichen= blaß und regungslos; er verstand ja schon gut, was es heißt, den Vater nicht mehr haben und nun war auch die Mutter von ihm gegangen und er war allein in der großen, weiten Welt.

Thränen und Schluchzen war Alles was man von ihm hörte.

Der Meister hatte bei der Erzählung seine Mütze auf dem Kopfe oft hin und her gerückt, eine Angewohnheit, die seine Frau schon kannte als ein Zeichen seiner Theilnahme. — „Mutter," begann er, sobald der Reisende geendet, „willst Du den Buben hier behalten, so will ich ihn als Burschen in die Schmiede nehmen, er wird brav und fleißig sein." — Die Meisterin willigte freudig ein. Sie hatte vor drei Jahren ihr einziges Kind verloren und freute sich wenn ihr Gelegenheit ward, andern Kindern von der Liebe zukommen zu lassen, die der liebe Gott ihr so reich in's Herz gelegt hatte.

Josef selbst war zu überwältigt von all' dem was er hörte und was um ihn vorging; er erkannte weder im Augenblick die Sorgfalt des Reisenden, noch begriff er den Einfluß, den die edle That des Schmiedemeisters und seiner Frau auf sein Leben ausüben würde. Josef blieb denn im Hause der braven Leute, und wohl ihm! Je älter er ward, desto tiefer und dankbarer empfand er ihre Wohlthat und desto mehr das Bedürfniß, durch Treue und Fleiß das zu vergelten, was er durch ihre Liebe empfing.

Die Frau Meisterin hatte nun wieder ein Kind im Hause und Josef that nach dem Feierabend in der Schmiede die kleinen Dienste im Hause. Er spaltete Holz und legte es hübsch ordentlich neben den Herd; er trug Wasser, und alle die Dinge gingen dem Burschen freudig von der Hand, denn sein Herz vergaß nicht, wie viel er verloren, und wie unverdient ihm so viel Wohlthaten geworden.

Der Sonntag war der Tag wo er am meisten mit

seinen Pflege=Eltern lebte. In der Frühe ging er mit
ihnen zur Messe, nach Tische pflegte der Meister seine
Rechnungen zu ordnen, dann las er oder die Frau irgend
ein gutes Buch vor. Josef hörte gespannt zu, er hätte
lieber selber vorgelesen, er hätte lieber dem Meister die
Schreibereien abgenommen, wagte es aber nicht, seine
Gedanken auszusprechen; er konnte und durfte doch nicht,
da er schon so viel genoß, auch noch Unterricht im
Lesen und Schreiben erbitten, meinte er, und so verließ
er denn oft still die Stube. Seine Pflegeeltern merkten
recht gut, was in Josef vorging, aber in dem Augenblicke
konnten sie nicht mehr für ihn thun. Da führte eine
Besprechung über einen zerbrochenen Wagen den Doctor
Hochberger in die Schmiede, er fand den Josef beim
Feuerschüren.

„Sieh, das ist ja prächtig," redete er den Burschen
an, „daß Du Dich schon nützlich machen kannst." —
„Wohl möcht' ich's," erwiderte Josef, „aber, gnädiger
Herr, ich kann ja weder lesen noch schreiben und bin
schon zwölf Jahre alt." —

„Du hättest die Sonntagschule besuchen sollen diesen
Winter; nun wird sie an Ostern geschlossen. Ich will
aber mit dem Dechant reden, daß Du für den nächsten
Winter zum ersten October eingezeichnet wirst," sagte der
Doctor.

Glücklich über dieses Zusammentreffen, erzählte Josef
bei Tisch die Aussicht, welche der Doctor ihm eröffnet
hatte. „Ja, ja," sagte der Meister, „das ist ein braver
Herr, ein treuer Freund der Armen und Bedürftigen;
ich kann für Dich nicht mehr thun, mein guter Junge,

finden sich aber Menschen, die Dir weiter helfen, so sei dankbar und brav dafür." —

Schon den nächsten Sonntag ward Josef zum Dechant beordert, der seinen Namen in die Liste derer aufnahm, die vom ersten October an die Sonntagsschule besuchen durften. Die Zeit bis dahin ward ihm weniger lang, da der Frühling kam und mit ihm die Curgäste in ihren Mieth- und Postwagen. Da gab's in der Schmiede von früh bis spät zu thun; unter den blühenden Linden vor der Schmiede standen oft vier, fünf wartende Pferde, die beschlagen werden sollten. Dies Alles gab auch Josef viel mehr Arbeit; wenngleich er nicht selbst Hand anlegen konnte, so mußte er doch dem Meister und den Gesellen immer zur Seite sein. Die Sonntage waren auch nicht so ruhig wie den Winter hindurch. Die Frau Meisterin hatte einen Curgast; der Meister benutzte die Nachmittage hie und dort einen Bekannten oder Kunden in der Umgegend zu besuchen, und da mußte Josef mit ihm gehen, und so lernte er denn auch die Umgegend kennen.

Auf einem Gange nach Dahlwitz zeigte ihm der Meister die höchste Spitze des Gebirges, die „Sonnenwirbel" genannt. Josef konnte bei dem hellen Wetter die Säule sehen, die den höchsten Punkt bezeichnet, und fühlte sich plötzlich wie in die Heimath versetzt, denn keine zehn Minuten entfernt von der Säule lag die Hütte, worin er seine Kindheit verlebt hatte. Das Bild seines Vaters, seiner lieben Mutter, das ihn eigentlich nicht verließ, ward so lebendig, daß ihm heiße Thränen über die Wangen rollten; er hätte ihr doch so gern noch ein Mal in's Auge gesehen, noch ein Mal gehört, wenn sie ihn Josef nannte. Die Sehnsucht erfaßte sein Herz, so glück= lich und zufrieden er sich auch immer fühlte im Hause des Meisters, der anscheinend nicht bemerkte was Josef bewegte, und ruhig dem Ziele ihrer Wanderung entgegen= schritt. Als er aber bei der Fähre anlangte, die über die Eger führte, setzte er sich und erwartete den Josef. —

„Hast heim gedacht, Josef," empfing er ihn, und reichte dem Burschen die linke Hand, während er ihm mit der rechten auf die Schulter klopfte; „nur frischen Muth, wer ein braver Mensch werden will, den verläßt Gott nicht." —

Die wenigen Worte thaten Josef wohl und er merkte, wie der gute Meister an der andern Seite des Ufers seine Schritte hemmte, um mit ihm die Strecke Weges bis Dahlwitz zurückzulegen, wo er dann nebenbei das Gespräch auf andere Dinge zu lenken sich bemühete. „Josef, von den Eichen müssen wir der Mutter einen Zweig mitbringen," sagte er, „die sollen über tausend Jahre haben, und da Du das Lied „Donnernd umbraust mich der Dampf der Geschütze" so liebst, so kannst Du Dir auch einen Zweig an die Mütze stecken, denn der Mann, der das Lied machte, hat die Eichen auch be= sungen.

Auf dem Heimwege pflückte nun Josef zu dem Eichenzweige noch manche Feldblume, die ihm am Wege entgegen lachte, so daß er seiner Meisterin einen schönen Strauß mit nach Hause brachte, woran dieselbe ihre Freude hatte. So endete dieser Sonntag, und am Mon= tag war Josef nicht der Letzte bei der Arbeit. —

Der Sommer verging und dem Meister ward wie=
der Zeit, auch für die Umgegend zu arbeiten. Eine An=
zahl eiserner Stangen für die Fabrik in Hammer waren
vollendet, und Josef hatte vom Meister, der nach einer
andern Richtung über Land zu thun hatte, den Auftrag
erhalten, dieselben durch einen Tagelöhner aus der Stadt
dahin bringen zu lassen.

Nun fand Josef aber keinen Arbeiter, und da es
dem Meister daran gelegen war, die Arbeit abgeliefert zu
haben, so meinte Josef: „Frau Meisterin, ich fahre die
Stangen hinaus." —

„Das wird Dir zu schwer sein, Du überschätzest
Deine Kräfte," erwiederte seine Pflegemutter. „Ich will
es versuchen, ich darf, nicht wahr?" fragte Josef, holte
den Schiebkarren und begann die Stangen daraufzulegen;
es waren mehrere Centner Gewicht, die er nun durch
Carlsbad nach dem dreiviertel Stunden entfernten Dorfe
Hammer schieben wollte. — Die Meisterin empfahl ihm
noch, seine Mütze und Jacke mitzunehmen, die ihren Platz
auf den Stangen fanden, während er in Hämbärmeln
und Schurzfell die Tragriemen sich überhing, um sich die
Last des Karrens zu erleichtern. —

Zwei Drittel des Weges hatte er mit Anstrengung
zurückgelegt, doch nun ward es ihm immer schwerer; er
schob den Karren 10 bis 20 Schritte, dann hielt er
immer wieder und ruhete, bis er von Neuem die Last
eine kleine Strecke weiter brachte. Diesem Unternehmen
sah von einer nahen Anhöhe eine Dame zu, die als Cur=
gast ihren Nachmittags=Spaziergang machte, auf dem
ihre 3 Kinder und 3 Gespielen derselben sie begleiteten.

2*

„Seht doch, was treibt der Knabe dort, er kann,
wie es scheint, den Karren nicht weiter bringen." Die
Kinder schaarten sich um die Mutter und während sie den
Knaben bemitleideten, waren sie hinabgegangen bis zur
rauschenden Töpel und sahen dabei die stets neuen An=
strengungen, die Josef machte. —

„Was meint Ihr," fragte die Mutter," wollen wir
nicht helfen?"

Jubelnd ward der Vorschlag von den Kindern an=
genommen. Der Strom trennte zwar die kleine Gesell=
schaft von Josef, aber die Stimmen reichten leicht zu ihm
hinüber, die ihm Hülfe anboten. Die nahe Brücke war
schnell erreicht, und da dieselbe auf ein bekanntes Gast=
haus zuführte, so erbat die Mutter sich von dem Wirthe
einige Seile für die Kinder.

Wenn die eigentliche Saison vorüber, so treten ge=
wöhnlich die wenigen Curgäste in nähere Bekanntschaft
mit den Einwohnern; so war es auch mit der Fremden
und ihren Kindern; sie mußte die Cur wiederholt ge=
brauchen, weshalb es bestimmt war, daß sie den Winter
mit den Kindern in Carlsbad bleiben solle, während ihr
Mann in die Heimath zurückgekehrt war.

Jedes der Kinder hatte seinen Gespielen gefunden,
welche in den Freistunden ihre treuen Begleiter waren.
Die Kinder hatten bereits mit Josef Bekanntschaft ge=
macht, als die Mutter sie einholte, und nicht ohne Ent=
rüstung sah diese, welche Last der Knabe führte.

In ihrem Herzen zürnte sie dem Meister, der in
dieser Weise die Kräfte des noch nicht entwickelten Men=
schen mißbrauchte.

„Ich denke, Du nimmst es nicht übel auf, mein Junge,“ sagte die Mutter, „wenn sich die Kinder etwas mit an Deinen Karren spannen.“

Die Seile wurden angebunden, vorn und zu beiden Seiten; eines nahmen die Tochter und ihre Gespielin, die schon 10 und 12 Jahre zählten und kräftige Kinder waren, die vier Knaben, wovon zwei Söhne der Dame, wurden voran gespannt, wie die Mutter scherzend es nannte, und die Pferdchen stampften und wieherten. Der Josef sah heiter der Anordnung zu, die Mutter selbst faßte das Seil des jüngsten Knaben mit an, und so setzte sich der Zug jubelnd in Bewegung, auf der im Sommer so belebten, jetzt einsamen Straße.

Die Sonne guckte noch oben über die Höhe in's Thal, als man Hammer erreichte. Während Josef seine Stangen in die Fabrik brachte, ließ die Mutter im nahen Wirthshause einen Kaffee bereiten; daß die Kinder den Josef dazu mitbrachten, könnt Ihr wohl denken. Er setzte sich nun zwar an einen andern Tisch, aber die Kinder trugen ihre Tassen zu ihm hinüber; sie wollten mehr von ihm hören. Die Tassen waren auch noch nicht geleert, als Margaretha der Mutter schon zu erzählen wußte. „Das ist ein guter Junge, Mama, der Schmied weiß gar nicht, daß er die große Last hierher geschoben; das hat er gethan, um demselben eine Freude zu machen, denn er habe dem Meister viel zu danken, hat er uns erzählt.“ —

„Mama, dürfen wir nicht mit dem Josef zurück,“ bat der Franz, „denk' der arme Junge kann noch nicht lefen und schreiben, das kann er ja mit uns erlernen, ja Mama?"

Nachdem die Kinder sich erfrischt, der erhitzte Josef seine Jacke angezogen hatte, wanderte die kleine Gesell= schaft nach Carlsbad zurück. Der Knabe erzählte auf dem Wege seine Geschichte, und meinte: „Ach wenn ich nur lesen und schreiben könnte, dann würde ich später Regimentsschmied werden können."

„Sollte Dir denn Dein Meister nicht eine Stunde am Tage freigeben?" fragte die Mutter.

„Das wird nicht gehen," erwiderte Josef, „denn es gibt stets zu thun, und in die Sonntagsschule gehe ich ja schon; obgleich da sehr viele Kinder sind, so hoffe ich doch, wenn auch langsam, weiter zu kommen."

„Erzähle Du Deinem Meister unser Zusammen= treffen, ich werde zu ihm gehen und ihn bitten, daß er Dir die Stunde täglich frei gibt, da kannst Du zu uns kommen; meine Kinder haben zwar nur bei mir den Unterricht, aber lesen und schreiben sollst Du schon bei mir lernen."

So sich unterhaltend, erreichte man Carlsbad.

Ihr könnt wohl denken, daß Josef's Geschichte den Kindern am Abend und den nächsten Morgen viel Stoff zur Unterhaltung bot. —

„Mama, Du gehst heute doch hin zum Schmied?" war fast die einstimmige Frage der Kinder beim Früh= stück. Dies war aber noch nicht beendet, als der Schmied= meister eintrat, sichtlich erfreut, daß der Knabe Jemand gefunden hatte, der ihm zu dem verhelfen wollte, was er so nothwendig bedurfte.

„Mit Freuden," sagte der brave Mann, „darf der Josef täglich von 1 bis 2 Uhr, und wenn es auch 3 Uhr wird, zu Ihnen kommen, liebe gnädige Frau."

„Nun, so ist die Sache abgemacht, schicken Sie mir morgen den Knaben, mich freut's, Sie, bester Meister, kennen gelernt zu haben, denn ich muß Ihnen nur sagen, als ich das Kind da den schwer beladenen Karren schieben sah, war ich in Wahrheit entrüstet, und hatte nicht übel Lust, Ihnen das auszusprechen; aber der Schein trügt, es ist so ganz anders als es aussah, und ich finde so brave Menschen!"

„Also morgen werde ich den Josef um 1 Uhr schicken," sagte der Meister, indem er sich erhob um fortzugehen.

„Nun, Kinder, was wollt Ihr?" fragte die Mutter, denn das eine zupfte an ihrem Kleide, das andere hielt ihren Arm. „Laß' ihn noch heute kommen," bat Margaretha halbleise. — „Dazu kann ich nichts sagen," erwiederte die Mutter, „da müßt Ihr den Meister bitten." Der bewilligte es kopfnickend.

„Mama, ich darf doch dem Josef meine Tafel leihen?" fragte Margaretha, „und ich meinen Griffel?" setzte Toni, die Gespielin von Margaretha, hinzu; Franz brachte sein Buch (Stephan's Lautier-Methode), und der Platz am Tische, wo Josef sitzen sollte, ward bestimmt.

In den Unterrichtsstunden waren die Kinder heute weniger aufmerksam; die Mutter wußte es ja gut warum und ließ es geschehen, ohne es besonders zu bemerken.

Das Mittagsessen um 12 Uhr war vorüber. Von

1 bis 3 Uhr pflegte die Mutter gewöhnlich für sich zu
arbeiten, und die alte Kindsfrau Lisbeth begleitete in
diesen Stunden die Kinder hinaus in's Freie. Heute
aber wurde die Bitte eingelegt, vor der Thüre spielen zu
dürfen, um den Josef zu erwarten.

Es hatte denn auch noch nicht 1 Uhr geschlagen,
als derselbe mit freudestrahlendem Gesichte anlangte und
von den Kindern ebenso empfangen ward. Die Meisterin
hatte ihm ein Schreibbuch geschenkt, auf dessen Umschlag
mit goldenen Buchstaben der Denkspruch stand:

> Lust und Liebe zum Dinge,
> Macht Müh' und Arbeit geringe.

Einzelne Buchstaben hatte Josef schon erlernt, die
mußten nun vergessen werden, und durch die Lautier=
Schreibmethode lernte er so rasch, daß er schon um
Weihnachten einen Brief an seinen Meister und seine
Meisterin schreiben konnte. Die Schrift war rein und
hübsch und sonst waren die Gedanken gut und lieb, die
er den Wohlthätern in den einfachsten Worten selbst
niederschrieb. —

Der Schmied hatte später nun noch erlaubt, daß
Josef auch Sonntags nach der Messe zu der Familie
gehen durfte; da wurden Denkübungen und Sonstiges
vorgenommen, was den begabten Knaben in seiner gei=
stigen Entwickelung förderte. Der Dechant, nachdem er
sich von den Fortschritten des Knaben überzeugt hatte,
entließ ihn aus der Sonntagsschule, und so ging der
Winter, durch den Antheil, den die Kinder am Schick=
sale des Knaben nahmen, gar rasch zu Ende. —

Im Mai mußte die Familie in ihre Heimath zurückkehren, da dachten denn Alle betrübt daran, daß sie den Josef verlassen sollten. Jeder hatte seine Gedanken; der Eine wollte ihn gern mitnehmen, der Andere meinte, er müsse von Carlsbad fort, aber alle Pläne fanden darin ihr Ziel, daß die Mutter nichts mehr für den Knaben thun konnte.

Ihr habt aber sicherlich schon bemerkt, daß Gott den Josef einen Weg führte, auf dem er Menschen traf, deren Herzen der Armuth zugethan waren; dies bewies sich bald von Neuem. Im April als er eines Sonntag-Morgens unter Aufsicht der Mutter an einem Aufsatze arbeitete, während ihre Kinder malten, ward angeklopft, und auf das Herein! trat ein Bekannter der Mutter, Graf Erwein Nostitz, in das Zimmer, welcher auf seiner Durchreise von Prag nach seiner Besitzung Falkenau, wohin er zur Jagd fuhr, sie begrüßen wollte. Der Unterricht ward aufgehoben und Josef ging mit seiner Aufgabe für heute nach Hause. —

„Was haben Sie denn da für einen schwarzäugigen Buben?" fragte der Graf.

In kurzen Worten ward ihm die Geschichte des Knaben, die sichtlich sein Interesse erregte, mitgetheilt.

„Und was wird mit dem Knaben, wenn Sie fortgehen?" fragte der Graf weiter."

„Ja, das weiß ich nicht, ich kann nichts weiter thun," war die Antwort.

Dann ward noch besprochen, daß die Familie ihre Reise in die Heimath über Prag machen würde.

Es waren keine 14 Tage vergangen, als ein Brief von Graf Noſtiz anlangte, worin er den Vorſchlag machte, daß der Knabe auf dem Bocke mit nach Prag reiſen ſollte, und daß er dann weiter für den Joſef ſor= gen wolle.

Das war ein Ereigniß, das Joſef plötzlich an das Ziel aller ſeiner Wünſche führte.

Die braven Schmiedeleute zeigten auch hier wieder, wie ſie nur Joſef's Fortkommen vor Augen hatten; ſie willigten freudig in den Vorſchlag, obgleich ſie anfingen, einigen Nutzen von Joſef zu haben.

Die Meiſterin ſorgte nun noch für des Knaben Zeug; hier hatte ſie ein Beinkleid, dort Rock, Weſte oder Hemden bekommen, das ordnete ſie für ihn mit ſolcher Liebe, als ſei es für ihr eigenes Kind. Unter dieſen Zurüſtungen kam der Monat Mai 1850 und der Tag der Abreiſe.

Die Reiſenden mußten an der Schmiede vorüber. Joſeph ſollte dort auf den Bock ſteigen, ſo war es ver= abredet; da traten der Meiſter und die Meiſterin her= aus, um Lebewohl zu ſagen. Der Abſchied von Joſef war ihnen nicht leicht geworden, das ſah man ihren Augen an.

„Der Joſef iſt ſchon vorausgegangen, er wollt' halt noch einmal ſein Gebirg ſehen," ſagte der Meiſter.

Alle wußten, wo ſie Joſef finden würden. Nahe am Fahrwege, der die Prager Straße genannt wird, ſteht ein Kreuz mit Linden umpflanzt, ein ſtiller Ort,

von wo aus man die Gebirgskette übersieht; dort sollte
der Postillon anhalten und dort erwartete auch Josef
schon den Wagen. Seine Augen waren auch vom Weinen
geröthet. Die Kinder wurden ganz still bei seinem An=
blicke; doch bald suchte ihn jedes zu trösten mit einigen
freundlichen Worten. Dann stieg er auf den Bock zum
Postillon Wenzel, der aber nahm sein Horn und blies
wie er es nie wieder so schön geblasen hat: „So leb'
denn wohl geliebtes Thal"; er wußte, daß Alle im
Wagen dankbar der Zeit gedachten, die sie in Carlsbad
verlebt hatten. Nun ging's die schöne Straße hinauf,
die Kaiser Franz erbauen ließ; bei den Windungen er=
freuten sich unsere Reisenden noch der Aussicht auf das
reizende Thal. — Nach zweitägiger Reise ward Prag
erreicht. — Josef fand bei dem Schlossermeister, an
welchen Graf Nostitz ihn empfohlen hatte, eine freund=
liche Aufnahme. Er wußte, daß die Familie, die ihn
mit so viel Liebe behandelt hatte, noch einige Tage in
Prag verweilen würde, das erleichterte die augenblickliche
Trennung. — Am nächsten Sonntag erhielt er Erlaub=
niß, dieselbe in der Nähe von Prag aufzusuchen; das
war noch ein froher Tag. Die Kinder hatten während
der Trennung von Josef einen alten Bekannten aus
Carlsbad wieder gefunden, und da derselbe ein Maler
war, so ließen sie nicht ab ihn zu bitten, daß er den
Josef zeichnen möge. Dieses führte er denn auch aus,
wie Euch das Titelblatt zeigt, das er den Kindern in
die Heimath nachsandte.

Die Abreise der Familie von Prag war für Josef
der Schluß seiner Kinderjahre, in denen er harte Prü=

fungen, aber auch so viel Liebe gefunden hatte, daß die
Erinnerung daran ihm in Stunden der Versuchung und
Anfechtung oft Trost brachte. —

———

In ein ganz anderes Leben als er es in Carlsbad
geführt, sah er sich nun versetzt. — Die Eindrücke der
großen Stadt und ihr Getreibe wirkten anfangs be=
unruhigend auf ihn. Sein Lehrherr, einer der ersten
Schlossermeister, war viel außer dem Hause beschäftigt.
In der Werkstatt arbeiteten 6 Gesellen und 2 Burschen,
die ihn nicht gerade sehr gerne eintreten sahen; die Für=
sprache des Grafen war ihnen nicht genehm. Die Frau
Meisterin war eine feine Dame wie Josef meinte, mit
der er nicht reden könne, wie mit seiner Schmiedemutter
in Carlsbad. Man aß auch nicht an einem Tische wie
dort; mit einem Worte er fühlte recht, wie viel Vorzüge
er in Carlsbad genossen hatte. Doch freute ihn die
Arbeit, denn all' das Neue, das er sah, es erschloß ihm
ja die Zukunft, wie er sie sich gewünscht. — Etwas
Unterricht erhielt er noch durch den Hauslehrer des jun=
gen Grafen; auch die Sonntagsschule suchte er auf. Wie
gut hätte er es aber gehabt, wären die edlen Bestrebungen
eines Adolph Kolping für Burschen= und Gesellen=
Vereine schon damals bis nach Prag gedrungen; da
hätte er jene ermunternde Theilnahme auch in Prag ge=
funden, die ihm in Carlsbad zu Theil ward, und die er
so sehr vermißte, daß er auf Abwege gerieth.

Ich will dieselben nicht verfolgen; ich weiß Ihr
habt den Josef lieb gewonnen, und so will ich Euch denn

nur erzählen, daß er seine wahren Flegeljahre durch=
machte; man pflegt ja entschuldigend so die Zeit zu
nennen, wo der Knabe aus der Schulstube in die Schule
der Welt oder des Lebens tritt. — Glauben könnt Ihr
es mir, wenn ich Euch erzähle, daß es recht schwer ist,
den Weg stets zu gehen und zu behaupten, der zu un=
serm Ziele und zum Frieden führt — Ihr werdet sicher
noch selbst Gelegenheit finden, Euch das zu sagen. —
Der Eine geht, ohne auf den Weg zu achten, gerade
dem Ziele zu; der Andere geräth in einen Seitenweg
und arbeitet sich durch allerlei Gestrüpp glücklich durch;
auf den rechten Weg zurückgekehrt, schüttelt er ab,
was hängen blieb. Der Dritte aber sucht vergebens;
er findet den Weg nicht wieder und irrt umher elend
und unglücklich. — Gott sei gedankt, so weit kam
es mit Josef nicht; irrte er auch auf Abwegen um=
her, so starb in ihm weder die Stimme des Gewissens
noch die Sehnsucht, den rechten Weg wieder zu erlangen,
und den Frieden, den das gute Gewissen mit sich führt.
Unter solchen Kämpfen verging die Lehrzeit und Josef
ward Geselle; dann machte ihn das Loos militärpflichtig,
und dadurch ward er aus allen seinen bisherigen Ver=
hältnissen herausgerissen. — Wie leicht, wie wohl ward
ihm, als er Prag im Rücken hatte; seine ganze Natur
hatte dem Leben, wozu die Cameraden ihn anleiteten,
nicht angehört, aber er meinte, es gezieme ihm, als dem
jüngsten Burschen doch nicht, zu sagen, daß er sich nicht
wohl dabei fühle. — Zürnt ihm nicht wegen dieser
großen Schwäche, auch das kann Euch begegnen, daß
Ihr mit den Andern geht, während eine innere Stimme

Euch sagt, daß Ihr beſſer thun würdet, mit dieſen ſo=
genannten Freunden zu brechen. Viel leichter iſt es ſo
mit den Leuten zu gehen, als ſich los zu machen und
allein den Weg zu wandern, den eine innere Stimme
uns vorſchreibt, mißverſtanden von den Menſchen, vielleicht
verlacht und verſpottet. Seht, da hilft nur Gott, der die
Stimme in der Bruſt ſo mächtig reden macht, und dieſe
redete laut auch in Joſef: aber er fand nicht die Kraft
ihr zu folgen.

Wir finden Joſef nun als Rekrut, ſein gezogenes
Loos am Hut, einen ſchwankenden Cameraden, der zu
viel getrunken hatte, aufrecht haltend, um ihn, mit der
Gutmüthigkeit, die ihn nie verließ, in den Eiſenbahn=
Wagen zu bringen, der ſie Beide von Prag nach Brünn
führen ſollte, wo ſie ihren Rekrutendienſt durchmachen
mußten. Joſef ging fröhlich an den neuen Dienſt, und
erwarb ſich bald die Zuneigung ſeiner Vorgeſetzten, die
ihm half, ſeine Pflichten treu zu erfüllen. — Während
er ſich nun zum tüchtigen Soldaten heranbildete, drohte
in Italien der Krieg und Joſef wurde mit vielen andern
Soldaten den Grenadieren vom Regiment Heß zugetheilt,
die damals in Piacenza ſtanden, mit der Ordre an die
Officiere, ſich ſo raſch als möglich dahin zu begeben. —

Im Spätſommer 1858 ging's mit der Eiſenbahn
über Wien nach Trieſt in raſchem Zuge; nur am Fuße
des Semmering, der die Grenze zwiſchen Oeſterreich und
Steyermark bildet, ward Halt gemacht, da der Zug in
kleinen Abtheilungen mit eigens dazu gebauten Locomo=
tiven über den Berg geführt werden mußte. Da war
denn ein reges Treiben: Officiere und Gemeine ſahen

staunend den großartigſten Bau, den Deutſchland in dieſer
Art aufzuweiſen hat, und deſſen Anblick unſern Joſef
etwas tröſtete für die nicht geſehene Kaiſerſtadt. Es ward
zum Einſteigen geblaſen; die erſte Abtheilung fuhr ab,
und Joſef, der noch zurückblieb, ſah wie die Locomotive
den ſteilen Weg begann, der in mancherlei Windungen
über Brücken, durch Tunnel an ſchroffen Felswänden hin,
ſich hinauf zieht bis Semmering, dem höchſten Punkte
der Bahn, 2790 Fuß über dem Meere. Alsdann ſetzte
ſich die zweite Locomotive in Bewegung, die den Wagen
führte, worin Joſef an der linken Seite einen Platz
am Fenſter erhielt, ſo daß er von da aus den erſten
Zug über ſich auf den Höhen ſah, den dritten und vier=
ten aber tief unter ſich. Als die Locomotive mit dem
Zug an dem 900 Fuß langen Viaduct anlangte, der in
9 Bogen über das Thal Reichenau führt, das paradieſiſch
da liegt, erſcholl wie aus einer Kehle ein Jubelruf, den
das Echo eben ſo jubelnd erwiederte. Das war eine
heitere Fahrt; die Höhe war in 1¾ Stunden erreicht. —
Nach einem kurzen Halt ging's wieder fort durch einen
Tunnel, der 4500 Fuß Länge hat, und den man in
5 Minuten durchfährt; und dann raſch bergab bis Mürz=
zuſchlag, wo die Berg=Locomotiven wieder abgehängt
wurden, und eine andere, ſchon bereitſtehende den ganzen
Zug nach Trieſt brachte. —

Ihr lieben kleinen Leſer müßt nun noch raſch die
Landſtraße beſehen, die 350 Fuß höher als die Eiſenbahn
liegt; Carl VI. hat ſie zuerſt über den Semmering bauen
laſſen, man hat ihm deßhalb dort ein Denkmal geſetzt.
„Aditus ad maris Adriatici littora," ſteht auf dem

Stein, was ein guter Lateiner mir übersetzte: „Ein=
gang zu den Gestaden des adriatischen
Meeres."

Wenn Ihr Euch nun genug umgesehen auf diesem
schönen Wege mit seinen Felsspitzen und Abgründen, sei=
nen Schlössern und Ruinen, so wollen wir Josef ein=
holen, der sich bereits auf dem Dampfboote von Triest
nach Venedig befindet, welches dort in der Frühe des
Morgens anlangte. Die Ueberfahrt war eine stille zu
nennen; der größte Theil der Soldaten blieb in der
mondhellen Nacht auf dem Verdeck; Josef legte sich aber
schlafen und war nicht wenig überrascht, als man plötz=
lich Anker warf, und er noch halb schlaftrunken hörte,
daß Venedig schon erreicht sei. —

Wie gerne möcht' ich Euch von dem Erstaunen er=
zählen können, das Josef erfaßte beim Anblick dieser
Stadt. Er fühlte sich wie im Traume in eine Märchen=
welt versetzt. Das Meer, die Schiffe, die still dahin glei=
tenden Gondeln, die Inseln im Morgenglanz, die Pracht
der Kirchen und Paläste, den Zauber der südlichen Luft,
der die Menschen selbst mit ihren Beschäftigungen auf die
Straße führt; dies Alles durfte er einige Stunden lang
sehen und genießen.

Zurück nach jener Zauberwelt waren denn auch die
Blicke gewendet, als die Locomotive den Zug der Krieger
über die Brücke führte, die Venedig mit dem Festlande
verbindet. Es erscholl kein Jubelruf wie am Semmering,
Alles war still, ja ernst kann man sagen; und heimlich
gestand Josef einem vertrauten Cameraden, daß er sich
von einer wunderbaren Trauer erfaßt fühle, daß es ihm

sei als habe er Heimweh. Doch war es nicht Heimweh nach der irdischen Scholle. —

Aber wir dürfen uns bei den Eindrücken und Gefühlen unsers Josef's und seiner Cameraden nicht aufhalten. Die neuen Ankömmlinge wurden bereits in Piacenza erwartet, wo sie zur Besatzung bestimmt waren. —

Dieser Garnisonsdienst, der den Winter hindurch dauerte, gefiel unsern jungen Kriegern nicht besonders; sie hörten wie die Cameraden schon Kugeln mit dem Feinde gewechselt hatten, und hofften auf den Befehl, der ihnen Gelegenheit geben würde, sich auszeichnen zu können. Diesen Befehl ertheilte endlich General Urban am 18. Mai 1859.

Die beiden Bataillone Grenadiere von Heß, das dritte Jäger=Bataillon, ein Bataillon Don Miguel In= fanterie, und ein Bataillon Rainer Infanterie mit einer halben 12pfündigen Batterie nebst einer Division Haller Husaren sollten gegen den Feind aufbrechen. Das ver= ursachte denn ein jubelndes Getreibe; die Officiere gaben ihre Ordres, die Burschen packten, putzten und sorgten für einige Lebensmittel. — Die Grenadiere füllten ihre Tornister von Kalbfell und weißem Riemenzeug mit dem Nöthigsten, und das bestand meistens nur aus Hose, Hemd, Bürste und Wichse. Ihr müßt wissen, es ist gar kein Spaß mit solch einem Tornister stundenlang zu marschiren, und vielleicht auch gar zu kämpfen. Oben auf den Tornister wurde noch der graue Mantel ge= bunden, zur Seite die Eßschale; die Flasche und der Brodsack hängen an Riemen über der Schulter. Das

blaue Beinkleid, den weißen Waffenrock mit blauen Auf=
schlägen, die Mütze mit der platzenden Granate statt
der frühern so schönen aber lästigen und schweren Bären=
mütze, das Alles trug auch unser Josef und sah darin
gar stattlich aus.

Die wirbelnde Trommel rief die bestimmten Ab=
theilungen zum Abmarsch. Mit Neid sagten die Zurück=
bleibenden Lebewohl. Die Musik begann beim Zu=
sammentritt am Markte die Volkshymne „Gott erhalte
unsern Kaiser." —

Josef hatte seinen Platz in der Nähe der Bataillons=
fahne und im raschen Marsche gelangte man Mittags
den 19. Mai bis Castegione, das bereits vom Feinde
besetzt war.

Die braven Husaren eilten vor, und nach einer
brillanten Attaque gegen piemontesische Uhlanen und
einem gleichzeitigen Angriffe der Jäger, mußten die Feinde
Castegione und Montebello und später sogar das weiter
zurückliegende Comstrello räumen; sie besetzten aber die
nächsten Höhen. — Nun marschirten auch die Grenadiere
vorwärts; man drang zu weit vor.

Dem Feinde wurde durch die Eisenbahn immer
neue Mannschaft zugeführt, unsere Grenadiere (ich nenne
sie so, weil unser Josef in ihren Reihen stand) ver=
loren gleich beim Vorgehen mehrere Leute. Durch Ca=
vallerie bedroht, formirten sie öfters Carré, wurden aber
nicht angegriffen.

Da sah man die Jäger und Don Miguel immer
weiter zurückgedrängt, endlich der Uebermacht weichen.

Nun stürmten die Grenadiere die nahe, vom Feinde be=
setzte Anhöhe. Nach einem furchtbaren Klein=Gewehr=
feuer wurden sie mit französischer Infanterie handgemein.

Die Uebermacht des Feindes war groß; im Mo=
ment, als die Grenadiere weichen wollten, ergriff der
Commandant die Fahne, und jubelnd folgten die Sol=
daten ihrem Anführer, der von Neuem anstürmte. Da
er aber ohne Unterstützung blieb, mußte er dennoch das
Feld räumen. Besonnen sammelte er nun sein durch
die Attaque zerstreutes Bataillon, und deckte damit den
Rückzug der andern Truppen, indem er eine Plänkler=
linie gegen den Feind vorschob, um demselben das zu
rasche Vorgehen zu erschweren.

Nach 47stündigem Marsche, in welchem die Ta=
pfern 6 Stunden gekämpft, nicht ein einziges Mal ge=
rastet, noch warm gegessen hatten, wurde der Brücken=
kopf von Baccariza erreicht. — Hier marschirten die
Compagnien auf: die Feldwebel nahmen aus ihren
Brusttaschen die Listen hervor und begannen das „Ver=
lesen", wobei jedes Glied der Mannschaft bei Nen=
nung seines Namens mit einem lauten „hier" ant=
worten mußte. Von denen, die am Morgen voller
Kraft und Jugendfrische in den Kampf gezogen waren,
fehlten über 120 Mann beim Appell. Als Josef von
Gottesgabe gerufen wurde, hörte man keine Antwort,
aber der Commandant, der auf seinem Fuchs vor der
Abtheilung hielt, zog seinen Hut —: „Als tapferer
Soldat an meiner Seite auf dem Felde der Ehre ge=
blieben," rief er nicht ohne sichtliche Bewegung. —

So endete Josef. Seine Cameraden trauerten um ihn, aber seine Mutter harrte sein im Himmel droben, und so ward ihm das Scheiden von der Erde nicht schwer. —

Druck von J. P. Himmer in Augsburg.